아버지의 바다

시작시인선 0421 아버지의 바다

1판 1쇄 펴낸날 2022년 4월 25일
지은이 강옹순
펴낸이 이재무
책임편집 박찬세
편집디자인 민성돈
펴낸곳 (주)천년의시작
등록번호 제301-2012-033호
등록일자 2006년 1월 10일
주소 (03132) 서울시 종로구 삼일대로32길 36 운현신화타워 502호
전화 02-723-8668
팩스 02-723-8630
블로그 blog.naver.com/poemsijak
이메일 poemsijak@hanmail.net

ⓒ강옹순, 2022, printed in Seoul, Korea

ISBN 978-89-6021-628-0 04810
      978-89-6021-069-1 04810(세트)

값 10,000원

아버지의 바다

강웅순

천년의시작

배우는 사람이 참생각을 잉태하고
그것을 엄마처럼 키워 주는 생명 행위가
최고의 보물이 되어야 하고
최상의 배움이 되어야 한다.

차나무는 순백의 꽃이 핀 후에
꽃처럼 열매를 맺지만
열매가 떨어지기 전에
다시 꽃을 피운다.

누군가를 진심으로
그리워하는 마음이 있어야
진정한 만남이 이루어진다.

겨울을 넘지 못한 3월 하늘에
해와 달이 그리운 오늘을 만나고 있다.

아버님 영전에 시집을 올립니다.

2022. 3.
강웅순 절

차 례

시인의 말

9

제1부

가을, 품는다는 것

파아란 무 밑동이
높은 하늘이다

울 밑에 까만 귀뚜라미
대춧빛 외로움이다

담벽에 기댄 깨 다발
토방의 노모가
조르라니 가벼웁다

가을은
제게로 오는 것을
그저 조용,
조용히 품는다!

모시꽃

희고 연노란
모싯골 모시꽃

한들한 잎새들
뒷면이 하이얀

모시밭 옆에는
원두막 참외밭

하늘로 크는 참모시
땅으로 눕는 감참외

벌써 붉어지는
미루나무 참매미

14

대추꽃이 피면

초여름에 얼굴을 내미는
꽃이 피면 장마가 막 시작이다

드러내기 싫어하는 느린 마음은
고고하게 숨어 사는 선조의 인격이다

꽃이 피면 머슴들은 꽃처럼 운다
모내기 철 초저녁이 하얗게 굽어서 고되다

대추꽃 그리움에 친정에 가 보려면
홑이불을 빨아서 접어 놓고 갔었다고
어머니는 한여름으로 풀을 먹인다

하얀 대추꽃은
조상의 영혼의 집이다

백중날
―김종환

이웃들은 모여서 수박을 먹고
아버지가 없는 우리 남매는
달달한 평상만 맥없이 쳐다보았다

먹다 버린 수박 껍질을 줍는
막내가 서럽도록 미워서
한겨울 팽이처럼 한없이 때렸다

그래도 먹고 싶다고 보채는
막내 곁에서
까만 눈동자 민희는
수박처럼 붉게 울었다

오늘도 백중이면,
가슴속이 까맣게 아리는
생에서 가장 슬픈 날이다

까마중

스님처럼 맨들한 까만 열매
하늘의 파란 그리움이
대지의 하얀 기다림이
가을볕에 조롱조롱 익어 간다

말랑말랑한 아이들 서넛이
울 밑에 소꿉질로 모여서
달짝지근한 가을을 나눠 먹는다

입가에 터지는 맑은 웃음이
하늘에 닿아 있으니
아이를 좋아하는 까마중
까마중을 좋아하는 아이들
서로가 흠뻑 물드는 오후

능소화

하늘을 업신여긴다는
하늘을 타고 오른다는
어사화 금등화

양반집 마당에만 심었다는
양악기 트럼펫을 닮았다는
양반 꽃 Trumpet creeper

여름이 벽을 타고 오른다는
하늘을 능가하여 핀다는
영광과 자존심

하늘을 능멸할 기세보단
순박한 얼굴이 참스러운
오래된 그리움

목화

흰빛
목화

분홍빛
목화

꽃빛은
달라도

햇솜은
하양

터지는
솜 망울

꿈꾸는
목화씨

벚꽃

윙윙거리는
소리가 잡힌다

그 소리가 보이면
나도 벌이 된다

꽃 한번
만나 보려고
올봄에

하지夏至

참새들
자잘자잘
사철나무
울타리

금계국
천인국
남실바람
햇무리

밭이랑
물들이는
쑥갓꽃
달무리

진복골* 사랑

봄비에
젖은
참나무 잎눈

초록에
미끄러운
는개 빗방울

칠석날
베 짜는
참죽나무 매미

한울에
고개 숙인
개울가 고마리

흙담에
곰삭은
시래기 고드름

\>
사랑은
눈 맑은 어제
흔적을 더듬는
눈먼 안경

외할머니 털신

외할머니가 동짓날에 집에 오셨다
엄마와 둘이 밤새껏 문풍지를 깨웠다

이튿날, 팥죽을 드시고, 가신다고 하셨다
외할머니의 털신을 광에다 스을쩍 숨겼다

외갓집은 할머니 걸음으로 한 십 리쯤 된다
외할머니는 하룻밤을 더 주무시고 가셨다

감자 환갑

망종과 소서 사이
태양의 적위가 악산 바위처럼 커지고
지표면이 중천 용광로가 되었다
들판은 단오를 전후로 모심기가 끝나고
텃밭의 햇감자를 파삭하게 말리다가
감자전을 안주로 한 식경을 보낸다
곧 사슴뿔이 떨어지고
매미가 울기 시작하면
반하에 줄기가 생긴다
하지가 지나면 감자잎이 절로 말라서
감자 환갑이라고들 부른다
이제, 생의 하지를 한참 넘어가니
눈앞은 먼지와 모기가 침침하게 날고
입 속 그늘에 고였던 침샘은 문을 닫는다
삶의 향기를 맡기 어려운 메마른 코와
가슴에 남은 갈색 정기는
삶은 감자처럼 푸석푸석하게 갈라진다
오늘도, 서편의 노을은 참 고웁다

입하 마을

입하는 태양의 황경이 45도에 이른다
한 살 더 먹은 늦봄이 자리에서 점점 밀려나고
산 들에는 새잎의 여름이 맑은 얼굴로 나온다
뒷마당에 지렁이들이 가늘게 꿈틀대고
모판에는 농부들의 발걸음 소리로 모가 자란다
밭에는 감자꽃이 피어 가는눈으로 하품을 하고
들에는 토끼풀꽃이 낮은 자리에 흰쌀밥을 이룬다
산에는 으아리꽃 향기가 고결하게 짙어지며
소나무꽃이 피어서 동네를 송홧가루로 뒤덮는다
절식으로 먹는 쑥버무리가 입맛을 돋우는 입하는
바람이 불면 씻나락이 몰려서 물을 빼야 하고
농사꾼은 입하 물에 써레를 지고 들로 나온다
마을에는 입하목 쌀밥나무가 있어서
밤에도 꽃이 하얗게 피어 온 동네가 훤하다
꽃이 잘 피면 그해는 풍년이 들고
꽃이 신통치 않으면 흉년이 들 징조다
노인들은 이팝나무로 마을의 풍흉을 점치듯
풍년이 들어 떠나기 좋은 날을 받아서
앞산으로 뒷산으로 상여메김으로 떠난다
이제는, 남은 사람들도 떠나서 마을이 휑하다

동탄으로 서탄으로 아파트로 주식으로
돈 소리에 전답 팔고 헛소리에 이웃 팔아
어제는 낮에 뜨고 오늘은 밤에도 뜬다
그래도 입하의 빈 마을에는
개구리가 울고 뽕잎이 웃는다
이제는 입하가 있어도 사람이 없네!
이제는 사람이 없으니 마을도 없네!
지금은 없네! 지금은 없어!
우리 마을! 입하 마을!

중양절

꽃버들 청춘
중구절 고상

삼짇날 제비
강남 길 귀향

찹쌀떡 화전
황국주 술잔

산수유 열매
구절초 등고

한고비 굿판
검붉은 인생

참빗과 얼레빗

촘촘한 참빗
성긴 얼레빗

단오에 창포물
동지에 동백유

대나무 참빗
해송 얼레빗

반듯한 가르마
멀고도 험한 길

경대에 은비녀
경건한 쪽머리

소녀의 참빗
할미의 얼레빗

입대하던 날

내가 입대하던 스물 초반은
모내기가 막 끝나는 유월 초이렛날이었다
이웃집에 홀로 사는 성숙이 어머니는
월남전에서 전사한 남편 생각 때문인지
아들을 낳지 못한 서러움 때문인지
쥐색 양말 한 켤레를 주머니에 넣어 주며
말없이 연신 눈물을 흘렸다

김장 채소 파종 무렵 첫 휴가를 나왔을 때
아주머니는 두멧골에 싸리꽃으로 피었다
나는 쥐색 양말을 신어 보지도 못하고
돌멩이를 맞으며
성난 함성과 노래를 들으며
돌탑 끝자락에서 매웁게 제대를 했다
그때 서울은
안경이 깨지고 신발이 벗겨지고
국화꽃 향기만이 떠나지 못하는
초겨울 얇은 베옷이었다

김장철 소소리바람이 부는

음력 시월 열사흘은
스무 살 아들이 입대하는 날이었다
마침 노모가 팔순이 되는 날이었다
몸성히 댕겨와야 헌다고
노모는 두 볼을 뜨겁게 뜨겁게 비볐다
이날 하늘은
진눈깨비 날릴 듯 검세 흐리고
논산에서 서울로 돌아오는 길은
떨어진 붉은 동백 길이었다

헤아려 짐작하나요?

치자나무 첫 꽃이 피면
장마가 시작되고
마지막 꽃잎이 지면
장마가 끝난다

무궁화 첫 꽃이 피고
한 백 일쯤 지나면
첫서리가 내린다

냉이꽃으로
출발하는 초봄 아침
구십춘광 뎗은 길
희뿌연한 물안개 길

무궁화로
도착하는 초겨울 산마루
구절양장 험한 길
터벅터벅 저무는 길

인생 나무 첫 꽃이 피면

바다에 고깃배를 띄우고
마지막 꽃잎이 지면
하늘에 조각배를 띄운다

웃음꽃이 피면
바람을 헤아려 짐작하나요?
일장춘몽 짧은 길
웃음꽃이 지면
구름을 헤아려 짐작하나요?
해거름 길 숨은 길

달무리가 환하다

막내딸이 사는 서울에
추석에 올라온 어머니는
아파트 어린이 놀이터에서
가을처럼 손주를 등에 업고
포대기를 동여맨 채
자장자장 토닥거린다

할머니의 자장노래에
고이 잠든 아기는
엄마의 품속보다
할머니의 등허리가
아름다운 꿈길이다

초저녁 보름달이
달무리가 환하다

그리움은 떨어져 생기네

미역국을 끓이고
케이크를 사 오고
꼬막과 갑오징어를
안주로 내왔다

촛불을 불며
있는 것 없는 것이
잘난 것 못난 것이
어머니의 눈빛으로
가려졌으면 했다

섣달 열엿새
예나 지금이나
눈은 위에서
아래로 떨어지고,

그리움은
떨어져
생기네

제2부

고추 마당

고추가 널려 있는
어머니 멍석 마당
마른 것들은
이슬이 내리기 전에
밀봉해 둬야 곰팡이가 안 핀다
가만히 흔들어 봐서
고추씨 소리가 맑으면
가을 하늘로 바싹 마른 거란다
뭐이든지 제때를 놓치면
거무튀튀해지고
볼품도 없지……

울 너머 해바라기
고개 숙여 엿듣고 있네

메주콩을 고르며

아버지 해상解喪 뒤 반년이 지나고
입동 날, 장 담글 메주콩을, 고르다가,
큰오라버니 군에 가서 전사허구
열아홉에 혼자돼서
어린 핏뎅이 하나 데리고
짠하게 살아온 친정 오라부댁이
이제 한없이 다시 보인다야

에미는 이적지 그런 걸 몰루구 살았다만
함께 살던 사램이 몬저 가고
혼자 남은 몸땡이가
이렇게 무연할 수가 읎다
무뚝뚝한 느그 아부지 땜에
속 끓은 적은 수없다만
그려도 이렇게 허망할 줄을……

꽃 피고 눈 내려도
내 비단 가난이야
호랭이 눈썹 구하기만 할랴구

어머니 속에는

어머니 집에는 장독대 골담초와 샘가 쌀 씻는 소리가 신우대 울타리를 이루고 있다

어머니 방에는 명경과 소녀와 할머니의 반짇고리 무명실이 깊이를 알 수 없는 강으로 흐르고 있다

어머니 장欌에는 능수버들 꾀꼬리와 은비녀와 동동구루무가 참빗 풍금을 타고 있다

어머니 속에는 섣달 방앗간과 마른 구절초와 이월 초엿새 기일이 장항선 막차를 기다리고 있다

아침 전화

애비냐?
예!

별고 없지?
예!

애들도 잘 있지?
예!

꿈자리가 사나워
전화혀 봤다,
……

집에는 별일 없지요?
어…… 그냥 잘 있다

아버지는 좀…?
어…… 물꼬 보러 가셨나
논에 나가셨다

\>

아침 여섯 시

알람이 울었다

어메 툇마루

1

툇마루는 무용한 듯하기에 유용하다
고되고 오진 어메의 일터요 쉼터다
오늘도 주인의 발걸음과 손길이 닳는다
밤낮 없는 하루가 무시로 들락이며
비움과 채움이 그네를 탄다

2

툇마루는 일과 쉼 사이가 봄볕이요
쉼과 일 사이가 가을의 바람이다
밭에서 나온 이런저런 풍상들을
나누고 다듬어서 가지런히 말린다
햇볕 한 가닥도 놀리지 않는 어메가
몸으로 갈무리한 것들을 품고
풋고추 애호박의 밥상도 차려진다
어메의 까만 발톱을 닮은 반짇고리에는
실타래와 헝겊 몇 조각이 담겨져 있다
그곳에서 소소한 바느질로 집을 짓는다
'나 시집올 때 갖고 온 거시여, 귀물이지'
'정들어 애끼는 마음이 귀물이지'

'여가 벼치 발궁께 눈도 발꼬'
'그렁께 바늘구녕이 더 잘 비야'
'고추도 따듬고 마늘도 까고 좀 조아'

3
툇마루는 제게로 오는 온갖 것들을
새끼 품은 애미처럼 누긋누긋이 품는다
어메의 몸공으로 이룬 것들이 그득하고
햇볕도 바람도 그 위에 말없이 복무를 한다
'뭐이든지 툇마루에서 하문 널룹고 션허지'
'업스문 일허기두 까깝허구 맴두 까깝허구'
채반에 나물거리나 고추를 널거나
윤기 흐르는 콩 한 줌을 자르르 말리고
텃밭의 토마토 몇 알도 올려놓는다
녹두며 깨며 토란대 같은 것들이
헝겊때기 조각보를 자리로 깔고 누웠다
어메의 고단한 하루가 모이는 이곳에
햇볕도 바람도 무시로 들락날락하며
아깝지 않게 아깝지 않게 쓸모를 찾는다
식구처럼 어우러진 올망졸망한 호박들은

집 떠난 자식들이 돌아온 듯 붐비다
'툇마루가 이쓰문 뭐이라도 활발이지'

4
툇마루엔 시작점과 도착점이 하나다
씻을 것도 벗을 것도 없이
그저 툭툭 털고 걸터앉아
밥 한 그릇 뚝딱 해치우고
그 길로 나서는 시작점이 있다
초여름 한바탕 땀 흘린 뒤
목침 베고 잠깐 눕는 도착점도 있다
툇마루는 일과 쉼이 하나다

5
툇마루는 어메가 사는 집이다
한낮에 소낙비라도 들이치면
갑자기 몰린 것들
우르르 들여놓고
비에 젖은 사람들
마음 젖지 않도록

햇볕으로 사랑의 밥을 짓고
바람으로 사람의 집을 짓는
툇마루 어메가 있다

아버지의 구두

흰 구름을 보는 것도 헛되고 헤픈 것
계명성에 나서서 개밥바라기 돌아오면
기다리던 어린것들 쓰다듬던 굽은 손

집채를 등에 지고 어둠길을 헤치며
앞꿈치 갈라지고 뒤꿈치가 해어지는
가슴에 묻혀 사는 씻기지 않는 무게

아버지란 이름이 주름진 낡은 구두
무릎의 연골들이 닳아져 아리지만
오늘도 절룩이며 걷고 있는 하늘길

꽃게 등딱지

꽃게 등딱지는 파랗다
암초의 안개 속에서
어린 새끼들에게
앞걸음도 뒷걸음도
행진도 멈춤도
전신으로 보여 주던
아버지의 신호등이다

꽃게 등딱지는 퍼렇다
여름과 겨울의 옷을
풍랑과 해일의 밥을
눈 맞은 나무처럼 짊어지던
아버지의 푸석한 등판은
늘 가족사진 밖에 있었다

꽃게를 먹는 저녁 밥상에
그렇게 보일 듯 말 듯

아버지의 노래

국민학교를 졸업하기 전까지는
황혼주 몇 잔에 눈 끝이 흐리면
〈목포의 눈물〉을
〈울고 넘는 박달재〉를
자식들 앞에서 남빛으로 불렀다

막내가 결혼하여 분가한 후에는
탁배기 두어 잔에도 얼근하면
〈고향무정〉을
〈고향의 강〉을
어머니 옆에서도 달빛으로 불렀다

종심을 지나 산수에 이르러
동짓날 노인정 팥죽 장단에
〈봄날은 간다〉를
애잔하게 부르다가
봄꽃이 피면
꽃놀이를 떠나기로 언약했다

봄소식이 오기까지

지나간 달력의 여백에
지나온 인생의 여적을 적셨다
'세상에 올 때 내 맘대로 온 건 아니지만은
이 가슴에 꿈도 많았지'
'스쳐 간 세월 아쉬워한들 돌릴 수 없으니
남을 세월이나 잘해 봐야지'*

봄 석 달
인생도 여백도
병원에다 다 지워 놓고
감꽃 피는 오월
노래도 없이 나비가 날았다

* 김성한의 노래, 〈인생〉.

채혈실에서

검붉은 점
푸석한 살결
팔순의 팔뚝

채혈실에서
마주한
아버지 팔뚝

빛을 잃은
물기 없는
차가운 아침

소리가 선산에 멎었다

아궁이에 불을 다 때고 나니
노을이 서천을 막 데웠다

저녁밥도 먹지 못하고
섣달이 아파서 자리에 누웠다

봄소식을 보지 못하고
혼자서 바람에 꽃놀이를 떠났다

노래를 웬만큼 다 익히니
소리가 선산에 막 멎었다

병원 예약

60년의 사랑일까?

자식들에게 짐이 될까?

함께 산 빚이겠지?

감꽃 –– ––
갈색으로 떨어지고

달포 후에
날아온
진료 예약 문자!

아내를 위한
내시경 검사!

차양

맑은 날
뜨거운 햇볕을
은연히 차단하여
생을 길러 주던
도리 밖 낡은 차양

궂은 날
들이치는 빗발을
온몸으로 차알하여
삶을 걸러 주던
처마 끝 낡은 지붕

오늘도
쏟아지는 빗속에
창문을 조금 열고
아버지를 본다

창고의 자식들에게

내가 세상 떠나고 춘분이 두 번 지나도록
창고에는 춘경을 못 본 너희가 기다리고 있었구나!
나이가 제법 많은 스물두어 살 맏이부터
어린 걸음마 풋내기 막내 놈까지
졸망졸망한 새끼들이 고단하게도 닮아 있었구나!
짐칸 문짝이 없어진 대동 경운기 한 대
바람이 빠진 108cc 대림 오토바이 한 대
가을에 거둬들인 바삭한 들깨 서너 말
봄에 말려 둔 서산 육쪽마늘 대여섯 접
현미로 방아 찧은 40㎏ 쌀 두 가마
작년에 수확했으나 수매하지 못하고
가격이 없어 아무도 거들떠보지 않는
40㎏짜리 벼 포대 스물 몇 개
요소비료와 복합비료가 열대여섯 포대
강아지와 고양이 사료 한 포대씩
누렇게 흙 묻은 낡은 장화 서너 켤레
차림새가 허름한 연장 통과 예초기 기름통
삽과 호미와 낫과 약초 자르는 작두
밀짚모자 두 개와 종묘 회사 광고 모자
각종 씨앗을 매달아 놓은 자루들……

모두 끈 떨어진 뒤웅박인 줄도 모르고
우두커니 오도카니 앉아 숨 쉬고 있었구나!

이제, 애비와 함께 봄을 파종하기는 어려우니
새록새록 길 찾아서 새 길을 열어 가고
어서어서 흙 찾아서 생명을 살리어라
맑은 날은 평화롭게 하늘을 만나고
흐린 날은 평등하게 대지를 만나라
차등 없는 평등 평화 두 손으로 축원한다
너희를 봄빛으로 눈여겨본 애비가 전한다

삐비꽃 산소

아버지 산소에 삐비꽃이 피었다
이생에 곱게 빗은 마지막 은발이
봄바람 청명한 주름으로 웃는다

언덕길 너울대는 꽃물결 흰 파도
그리움 능선 끝에 낮달이 밝아서
굽어진 소나무에 흩날리는 솔씨들

비석의 대시(–)에 가려진 백모화
호박씨 묻었던 민들레 빈손으로
등 뒤에 서 있는 말 없는 아버지

사랑은 무한한 흐름이래요

청력이 소진되어 귀가 어두운 노모가
세 번째 수술에서 깨어나셨다
아무래도 내 생각엔
하느님은 계시지 않는 것만 같네
마취에서 깨어나지 말기를
그렇게, 기도를, 했는데도……,
들어주시지를 않으니……

기도를 들어주시지 않는
눈짓이라도 할 수 있는 시간은
하느님이 당신을 무척 사랑하는
사랑은 무한한 흐름이래요

사랑, 그만, 흐르고 싶네,
강물로 흘러서 꽃을 피우겠나?
바람으로 흘러서 열매를 맺겠나?
비워야 할 그릇이 아직 남았으나,
가장 낮은 곳으로
흐르고 싶네만……

딸은

딸은 아들보다
한 정을 더 타고난다는
어머님 말씀

늘상 그립다는
말은 안 해도
꺼지지 않는
촛불의 심지

근육이 뒤틀리는
일요일 아침
신경을 풀어 주는
작은 수선화

한 정을 더 타고나기에
한 겹이 더 가려지고
한 눈이 더 멀어진다는
아내의 한마음

날이 추워지는데

마당에 수도꼭지
혼자서 중얼거린다

숙모 명옥춘

집은 작아도
생명 있는 것들을
어머니로 안아 주던
당신은 큰 빛이었습니다

몸은 불편해도
적막한 이웃을
가족으로 거두던
당신은 참 평화였습니다

일찍 혼자였어도
사는 형편 묻지 않고
정성으로 동행하던
당신은 늘 진심이었습니다

바라보는 하늘이
파랗게 하나인 것처럼
몸과 마음이 하나였던
당신을 한 하늘로 바라봅니다

\>

하늘엔 무지개

내가 모르는 발신 번호가

부재중 전화 한 통

늙은 호박 밥상

조부모의 중매로 열아홉에 만나
7남매를 낳으며 60년을 길동무한 부부가
늙은 호박 밥상으로 저녁을 맞는다
금불초 여름을 뜨겁게 살아 낸 호박들
겉은 게딱지처럼 딴딴하고 볼품없어도
속은 애호박보다 더 진한 단맛을 품었다
뚝뚝 썰어 게젓국에 호박지를 담그고
찬바람에 꾸덕해진 호박고지로 떡을 찌고
겨우내 따끈하게 호박죽을 한 솥 끓였다

소금물 같은 농투산이의 한 생애가
물이 말라 가는 늦가을 개울처럼
드러난 자리가 그새 그늘지고 있다
개산에 분홍빛 구절초가 시들고
강바람에 억새꽃 하얗게 쌀랑이면
첫물 흔적은 무서리 끝물이 되고
내려앉은 가을은 눈사람을 이룬다

'넌 언제 늙어 봤니?'
'오래 익어야 제맛이여'

아내의 선종 기도

아내는 오늘도 선종 기도를 드린다
90세가 넘으신 어머님이
팔다리가 가느다란 맑은 영혼이
생명의 죽음이 가까워지는 한 존재가
당신을 정성으로 따르며
영원한 천상의 행복을 생각하고
당신을 진심으로 그리워하며
편안히 당신의 품 안에 안기시어
기꺼이 죽음을 받아들이시도록
기꺼이 죽음을 이기시도록
매사의 순간에 기도를 드린다
덧없는 지상의 여행을 마치고 떠날 때
죽음을 받아들일 시간을 허락해 주시어
선생복종 해 달라고 기도를 드린다
죽은 몸이 추하게 보이지 않고
하늘에서 사랑으로 다시 만나는
천복을 누리게 해 달라고 기도를 드린다

제3부

1월 장미

바람에 외롭게 흔들리는
눈보라에 꽃망울이 얼어드는
장미는 온몸이 시리다

벌과 나비가 있어야
열매를 맺으련만
그들도 추수를 하지 못하고
눈물을 훔치며 동면에 들었다

한겨울 폭설이 날리는
학교의 문을 나서는
1월의 청춘들

소한에,
대한에,
아리게 서글픈
장미

직립을 꿈꾸며

많은 가시를 지닌 갈치는
바다가 이렇게 넓은데도
은빛 허리를 곧추세우고
직립을 꿈꾸며
평생을 칼로 서서 산다

많은 다리를 지닌 새우는
바다가 그렇게 침묵인데도
잿빛 허리를 구부리고
직립이 두려워
평생을 겨울로 굽어서 산다

서산에 쇠기러기
하늘에 영혼이 저렇게 붉은데
흰 이마 긴 목을 빼어 들고
맞바람에 날갯짓에
시베리아 발바닥이 빨갛다

바닷가 예배당 비둘기

바닷가 예배당 십자가 철탑에
엷은 잿빛 비둘기 한 쌍이 앉아
구구 구구 구구 구구구

하느님의 말씀을 읽는가
은혜를 기리어 찬송하는가
구구 구구구 구구 구구구

한낮을 기대어 명상에 잠기다가
바다의 향연을 기도드리는가
머리가 앞쪽으로 서로 기웃하네

교회당 마당가 낮은 울타리
빨갛게 성찰한 해당화
묵상을 끝내고 고개를 드네

뿌린 대로 거둔다

제 팔자 제가 꼰다
콩 심은 데 콩 나고
팥 심은 데 팥 난다
종두득두요 사불범정이라

팥은 하루를 불리고
콩은 반나절을 불린다
팥으로 담근 팥장
콩으로 담그는 콩장
인과응보요 사필귀정이라

콩밭에 팥이 자라니
밭이 달라서가 아니라
콩을 심다가 팥이 섞였다
무엇이 얼마나 심어졌든
마음의 밭은 다 같다

무엇이 심겼을까?
첫 싹은 잘 몰라봐도
자라는 싹수를 보면 금방 안다
인정은 뿌린 대로 거둔다

더 덜

더 보고 더 듣고 싶다
호밀밭 종지리 노래

덜 듣고 덜 보고 싶다
액자 방송 시험들

왼쪽에서 만나고 싶다
애기똥풀 맑은 얼굴

헤어지고 싶다 오른쪽
꺼지지 않는 불빛들

오늘도?
더?
덜?

애니 설리번

—유하

애니!
세상에 포기해도 되는 사람은 없다는
선생님이 계셨지
서로에게 쓸모 있는 사람이 되어 주자는
로라 선생님이 계셨지

애니!
사랑은 하늘에 떠 있는 구름
구름은 비가 되어
풀과 나무와 꽃들에게 생명을 베풀고 있지
사랑은 선한 마음에 고요히 감싸인 빛이라고
로라 선생님은 약속했었지

애니!
로라 선생님은 하늘에서
사랑과 평화와 희망을 전하는
너를 설리번으로 만드셨지
너는 사랑을 실천하는 선지자가 되어
헬렌 켈러를 기적처럼 만났지
그래, 사랑은 선한 마음으로 감싸는 빛이라고

너는 사랑을 그렇게 베풀었지
너는 사랑이었고 너는 평화였다

염색하는 날

환갑에 생애 처음으로 염색을 한다
착한 염색 내추럴 블랙으로 한다
나이보다 더 늙어 억새꽃으로 보인다는
딸아이의 성화에 못 이겨 염색을 한다
삶의 흔적이 늙은 사과나무면 어떻고
억새꽃이면 어떠하랴 싶었으나
억새꽃과 늙은 사과나무엔 향기가 없다고
지나온 시간에 새로운 색을 칠한다
고지서들이 쉬지 않고 달마다 찾아오듯
계절을, 밀당하다가
햇빛이 좋은 상강霜降일 오후 3시에
가을 흑염소처럼 물들인다
거울에 비치는 가장假裝된 모습에
(탈색된 마음에도 원색의 옷을 입히면?)
한층 씽씽하게 피어오르는 국화를 본다
(화분 속 노란 국화엔 향기가 있겠지?)

선물

기숙사 성룡학사 3층에 사는
우리 반 2번 민지가
여름방학 보충수업이 끝나고
교무실 작은 책상 위에
큰 선물을 놓고 갔다

선생님!
이거 분필 넣고 쓰는
예쁜 케이스예요
스승의 날 드리려다
세상이 떠들썩한
무슨 법인가 때문에
그때 드리지 못했어요
조금 늦었지만
조용한 지금 드려요!
글씨 예쁘게 써 주세요!
그리고
아프지 마세요!
민지 올림

선생님 뒷모습이 굽어 보여요

추분날, 4교시 끝에 화장실에 들렀다
똑같이 생긴 하얀 변기에
똑같이 서서 오줌을 누던
문학을 배우는 2학년 아이가 물었다
선생님!
우리를 가르치는 것이 재미있어요?
(바로 대답을 못 하고 망설이다……)
(사는 것이 날이 갈수록……)
재미있으니까 너희들을 만나고 있지!
(의심의 눈빛으로 나를 보다가
정조준에 힘을 쓰며 변기를 본다)
넌 사범대학에 진학하려고 하니?
아니요, 저는 대학에 안 가려고요
아버지하고 나무를 키우려고요
나무?
그럼 왜 그런 걸 물었어?
요즘 선생님의 뒷모습이
비탈길 나무들처럼 굽어 보여서요
(굽은……? 나무……?)
몸이 굽으니 그림자도 따라서 굽는다

(어찌 그림자가 굽은 것을 탓할 수 있겠니?)

몸을 살려야 그림자도 따라서 살겠지?

몸을 살리는 나무를 잘 키우렴

나무!

텃밭 식구들

상추 배추 쑥갓 쌈추
올망졸망 모여 앉은 아이들

고추 오이 가지 토마토
이랑 이랑 여무지게 내달리는 청춘들

수박 참외 호박 땅콩
둥글둥글 어울리는 산 노을빛 이웃들

모양이 다른 식구들의 낙토
사는 형편은 서로가 달라도
마음씨는 모두 매한가지

마리안느와 마가렛

1

한번 들어가면 나오지 못하는 섬이었다
오해와 편견이 빚은 애환의 섬이었다
소록도, 그곳에 사랑이 있었다
예수요 부처인 사람이 있었다
그들은 마리안느와 마가렛이었다

2

환부가 짓물러서 여기저기 진물이 나고
손발이 썩어 들어 문드러지며
코가 없어지고 눈마저 실명하는 병자들을
사람들은 천형의 문둥이라 불렀다
소록도 감옥에 갇힌 그들의 운명은
살아서는 강제수용 강제 노역에 시달리고
죽어서는 세상에서 도태시킬 귀물로 취급하여
해부 실험 화장 실험이 정해진 노예 인생이었다

3

세상이 따뜻한 눈길 한번 주지 않던 섬
그곳에 파란 눈의 두 수녀가 홀연히 찾아왔다

오스트리아 가톨릭교회 시녀회 두 수녀
마리안느 스퇴거와 마가렛 피사렉이었다
그들의 손에 든 작은 가방에는
금이나 의약품은 하나도 없었고
오직 사람에 대한 온기만이 가득했다
장갑 낀 의사들도 접촉을 꺼리는 환자들을
맨손으로 소외된 마음을 어루만져 주었다

4

그들은 고국에서 의약품을 구했고
섬에 결핵 센터와 정신병동을 세웠으며
아이들을 위한 기숙사도 만들었다
가장 기뻐하고 행복하게 생각한 것은
환자 부부에게 태어난 아이가 건강하게 자라고
병이 완치되어 섬을 떠나는 가족이 있을 때였다
20대의 청춘에 고국을 빨갛게 떠나와서
43년간 병자를 보살핀 초월적인 사랑을
누가 어찌 가늠이나 할 수 있겠는가?
그들은 편지 한 통을 남긴 채 돌연 떠났다
'늙고 병든 몸으로 더 이상 봉사할 수 없고,

더는 한센마을에 부담이 될 것 같아서' 돌아갔다

5
마리안느와 마가렛은 성녀聖女였다
사람들로부터 마지막까지 외면당한 한센인은
두 성녀를 할머니 어머니 수녀님이라고 불렀다
파란 눈의 수녀가 40년을 넘겨 사랑을 실천할 때
나는 어떤 사랑을 실천했다고 할 수 있나?
병자들을 어루만졌던 베드로의 사랑을 외면했던가?
십자가를 높이 들고 입으로만 외쳐 댔던가?

그리움의 꽃
—박혜진·신희섭

사랑은
봄날
느티나무
연둣빛 잎새

사랑은
늦여름
붉은 배롱나무
원추형 꽃차례

사랑의 언약은
추수를 끝낸 들판에
하얗게 내리는
첫눈

사랑의 출발은
계수나무와 자작나무가
한 마당에서
한 하늘을
진심으로 우러러

제심으로 모시는

그리움의 꽃

노래는 곡선에 있다

가로등 불빛과
가로수 신록이
하늘과 땅 사이로
직선과 곡선을 세운다

곡선의 삶은
천천히 돌아서서
어정어정 길을 잃고
빛깔 좋은 열매를 취함이 없이
빛깔을 만드는 여정이다

사는 맛은 곡선이다
빤히 보이는 직선이라면
무슨 떫은맛이 있겠는가?
끝을 모르고 사는 맛!
그것이 곡선의 맛이지!

삶의 길은
잘 드는 직선의 칼보다
무뎌진 곡선의 숫돌이다

\>

곡선의 삶은

느린 완행 구간이다

노래는 곡선에 있다

밥정情
―산당 임지호

김순규 할머니의 해맑은 얼굴은
식객의 순박한 밥상이
정으로 다가간 자연이었다
생이별한 어머니를
가슴으로 길러 준 어머니를
길에서 맺은 인연을
그리며 그리며
세상살이의 쓴맛을
모정의 참맛을
가슴으로 수놓은
인연의 밥상이었다

풀 한 포기
꽃 한 송이도
소박하고 풍성한 밥으로
갯벌의 안개도
돌담의 양지도
차갑고 따뜻한 정으로
눈물에 눈물겨운
백팔 배의 영혼이

참회한 밥상이었다

산당의 밥상은
소리와 빛깔과 모양이
나누고 합치고
삭이고 삭히는
정으로 합주한 평화였다

식객의 밥상은
산하를 건너는 바람으로
강물을 만나는 달빛으로
인연과 그리움에
참회와 위안을 담은
눈물의 밥정이었다

마지막 순간

내가 세상 떠날 때는 에탄올을 거부한다
마당에 쌓이는 눈을 싸리비로 쓸어 보고
토방에 신발을 가지런히 놓은 채
삶의 냄새가 추루한 누옥 골방에서
편히 입던 잠옷 그대로 숨줄을 놓겠다
절대 고독과 외로움의 극한에
이력처럼 줄레줄레 주삿바늘을 달고
마주하기 끔찍한 수술실 불빛과
북적이며 들락이는 타인의 눈빛이 싫다
그렇게 마지막 버티기를 거부한다
내가 잠들기 3일 전쯤에서
나와 함께했던 기쁨과 슬픔에게
유언 없는 인사를 눈으로 나누고 싶다
작별은 또 하나의 평화의 길이라고
서로가 섭섭하지 않았다고
나 떠난 뒤에도
어린 나무들은 봄에 잘 자랄 것이라고
다정한 눈으로 인사를 나누고 싶다
인사를 다 하지 못해도 좋다
그래도 함박눈은 내릴 것이다

뒤뜰로 부르고 싶다

누구나 뒤뜰이 있다
녹녹한 마음의 뒤뜰이 있다
지금껏 화창한 앞뜰만 보였지만
이제 오동잎 그늘진 뒤뜰을 보여 주련다
이마가 잘 드러나는 가지런한 앞뜰보다
무의식의 굽은 나무들이 자라고
조각난 시간들이 작은 꽃을 피우는
달밤의 바람 소리가 춤을 추고
실없는 농담이 새실새실 웃는
눈으로 만지고 귀로 헤아리는
소리 없는 화음에 소리 있는 침묵에
묵솥의 숯덩이가 아직은 남아 있는
말랑말랑한 뒤뜰을 보여 주고 싶다
그대가 어쩌다 그냥저냥 들른다면
색깔과 소리가 다른 수수한 초목들이
앞뒤가 엉성하게 다른 주인으로
그대를 정성껏 뒤뜰로 맞이하고 싶다

제4부

무논의 써레질

오뉴월 논바닥에
하늘의 얼굴을 비춰 보는
방방한 무논의 써레질

큰 놈은 살을 떼고
작은 놈은 살을 붙여
두두룩한 흙더미로
흙짝을 짓는 장써레

높은 곳은 낮게 하고
낮은 곳은 높게 하여
기울어진 흙 사발에
흙밥을 주는 곱써레

가탈스러운 세상
출렁이는 높낮이에
평등한 터전을 이루는
생명의 써레질

접시 세상

한로에
누군가 버린
코스모스 한 송이
접시 물에 올려놓고,

채송화 한 줄기도
버려진 것 안쓰러워
담가 놓았다

아침에 열린
선善한!
접시 세상!

군평선이

앵두꽃으로 바람난 여수댁은
서방님 몰래
샛서방을 금빛 은빛으로 챙겼다
군평선이에 굴비는 서럽게 울고 갔다

금풍생이 등줄기는 부챗살 꼬리
좌수사 밥상에서 시중을 들던
평선이의 얼레빗이었다가
대나무 참빗이었다

입맛 도는 속살이 앵두 같은 금풍생이
먹어도 한 접시 안 먹어도 한 접시
예쁜 평선이의 지극한 마음도
덥거나 춥거나 한 접시 그대로였다

안동시장

1

간간하고 짭조름한 간고등어
탱탱하고 쫄깃쫄깃한 문어숙회
고소하고 보들보들한 수박은어조림
쫀득하고 꾸들꾸들한 가자미간장조림
감칠감칠한 멸치육수 가락국수
시원칼칼한 홍두깨표 건진국수
매콤매콤한 달코롬 찜닭과 쪼림닭
열풍열풍한 불춤맛 중화새우볶음밥
쫀득쫀득한 찰진 맛 백진주밥
새벽 떡메 옥 떡메 쑥떡과 현미찰떡

2

입보다 눈이 황홀한 하루
눈보다 귀가 더 기름진 하오
토란처럼 둥실둥실한 사람들이
솜씨가 마음씨가 덩실덩실한 곳
아부지보다 엄매의 발걸음이
종종 종종 더 빠른 곳
상밥집보다 국밥집 대폿잔이

왕왕 왕왕 더 와자한 곳

사람도 시장도

단풍이 진해지는 시월

남촌 여명
—김의겸

매화
살구꽃이
한 울타리에서
기우는 달님 서천을
하얗게 새우고 있습니다

진달래
동백꽃이
한 언덕에서
차 오는 해님 바다를
빨갛게 세우고 있습니다

멀고 가까운 산들이
크고 작은 나무들이
구부러진 등줄기가
허물어진 지문들이
4월로 환해지고 있습니다

가볼러지Garbology

어둠속에서
흘러나오는
썩는냄새

문을닫으면
닫을수록
어둠속에서
커지는구더기

거짓이없다
쓰레기는
숨은그림찾기
모범답안

가볼러지
너의얼굴
나의얼굴

반찬 가게 미역국

초등학교 저학년 남자아이가
토요일 아침에
가게 앞에서 서성거렸다
'무슨 일이 있나요?'
'저기-, 저기요-, 미역국 있어요?'
'오늘이, 할머니, 생일인데, ＿一'
내미는 손은 천 원짜리 두 장이었다
미역국과 잡채를 싸 주었다
할머니랑 동생이랑 함께 산다고 했다
같은 마을 연립주택에 사는 이웃이었다
한 번도 본 적이 없는 얼굴이었다
엄마 아빠를 잊고 사는 앳된 아이였다
……이웃을 잊고 사는 어른이었다

물구나무서기

할아버지는
밥솥도
마구간도
빈집이었다

아버지는
죽 그릇에 웃고
밥그릇에 울었다

아들은
접시도
나물도 없는
젖은 빈손이다

가로등은 켰으나
길거리는 어둡고
길 잃은 새들은
굴뚝이 식었다

호박벌

칠석과 말복에도 비가 내리다
처서의 그늘에 바람처럼 그쳤다
눅눅한 홑이불을 말리던 창문으로
호박벌 하나가 잉잉거리며 찾아왔다
낯선 곳 어딘가에 내려앉지 못하다가
방충망 가장자리에 다리를 붕붕 접는다

뚱뚱한 호박 몸에 작은 개미 날개로
가장 일찍 일어나고 가장 늦게 잠들던
꿈꾸는 간절함으로 쉼 없는 날갯짓으로
밥을 벌기 위해 얼마나 땀이 났을까?
지리한 장마에 목젖까지 부었을까?

털이 부얼부얼한 몸통과 주황색 띠무늬 꼬리!
꽃 속에 머리를 들이밀고 흔들던 궁둥이!
남에게 함부로 쏘지 않을 침을 지닌!
참호박꽃 같은 순정한 얼굴!
거무튀튀한 배가 볼록한!
참! 뜨거운 삶을!

쉬어 가렴!

좀,

반납返納
—고 이광웅 시인

시인은 캄캄한 오송회 사건에 위암을 얻었다
알칼로이드 모르핀이 듣지 않을 정도로 몸이 식어지자
스스로 보름 정도 곡기를 끊었다

빌리거나 빼앗거나 받은 것은
주인에게 돌려주는 것이 반납이다
국어사전에 그렇게 쓰여 있다고
시인은 잠들기 전에 시를 적었다

마지막 기도

소록도 환자들은 세 번 죽는다
병이 발병하여 한 번 죽고,
죽고 나서 해부당하며 또 죽고,
해부한 뒤에 화장당하며 다시 죽는다

오늘도 그들은 마지막 기도를 올린다
"해부하지 않는 주일에 데려가 주세요"
"하느님!"
"일요일에 저를 꼭 데려가 주세요"

수탄장 愁嘆場*

어린 사슴의 얼굴을 닮았다는 소록도에는
눈물바다로 둘러싸인 모래사장 언덕이 있다
절망과 탄식과 서러움만이 가득한 수탄장은
한센인 마을로 향하는 정갈한 소나무 숲길로
혈육의 정으로는 그림자조차도 만져 볼 수 없다
소금 바람도 한 서린 언덕길은
부모와 자식 간의 뜨거운 혈육들이
한 달에 한 번씩 양편 갓길에 늘어서서
눈물로 바라만 보던 통한의 길목이다
공기로 전염될까 소리칠 수도 없고
가슴이 터질까 한숨도 쉴 수도 없는
부모와 자식의 거리는 대낮처럼 환하지만
깊은 절벽이 그들을 어둠으로 가로막고 있다
절벽은 서로가 건널 수 없는 허공의 강이 되어
그저 자식의 이름만 시리도록 애절히 부르며
하염없이 피눈물만 흘리는 어머니와
세상에 태어나 엄마라고 한 번도 불러 보지 못하고
짐승처럼 이리저리 격리된 어린 새끼들이
마음의 눈으로만 서로를 더듬어야 한다
혹여 전염될까 봐! 행여 다칠까 봐!

부모는 바람맞이 쪽에서 자식을 찾고
자식은 바람을 등진 쪽에서 부모를 보는
마음의 눈으로만 서로를 만져 보는 길이다
언덕엔 지금도 메마른 소금 바람만 횡하게 불고
하늘엔 눈 밝은 어미 철새들 몇 마리가 떠 있어
길 잃은 어린것들을 찾고 있다

* 수탄장: 한센병 환자가 자신의 혈육과 일정한 거리를 두고 만나는
  장소.

쌀값 밥값

막대 사탕 한 개는 500원

껌 한 통은 1,000원

커피 한 잔은 5,000원이라고

아주 착한 가격이라고

연신 광고를 틀어 대는 위성들

80㎏ 쌀 한 가마는 19만 6,000원

100g 밥 한 공기는 245원

235원에서 10원이 올랐다고

아주 좋아진 가격이라고

더욱 흥분하여 떠드는 종편들

악수한 손들이 저녁에 뒤집히듯

약속한 혀들이 아침에 돌아서듯

농인의 만장이 미풍에 되잡히며

되치기만 당하는

우리의 늙고 가난한 농민들

밥 한 공기 300원을 외치며

깃발을 들고 나서는

전국농민대회

통영 농어

봄 조기 여름 농어 겨울 대구라지!

벼슬도 버린 천하 별미에 대왕도 꼬리를 흔들던 맛이라지!

천둥소리로 돌아가는 여름 농어는 그저 바라만 봐도 단약이 된다지!

통영 바다에는 농어를 먹어 보지 못한 사자를 돌려보낸 염라대왕의 너그러움이 영영 섬으로 떠 있다지?

그 섬 갯바위에는 깔따구 절떡이 까지메기 농에가 산다지?

아주 평범한 나날들

살기 좋은 평화로운 우리나라는
노동자가 산업재해로 하루에 두세 명씩 죽는다
한 해에 천 명가량이 일터에서 생명을 잃는다
하루하루가 아주 평범한 나날들이다
한 명 한 명이 아주 처절히 쓰러지지만
이름 석 자도 알리기 어려운
가난하고 정직하고 순한 이웃들이다
구의역에서
이천 공장에서
태안 화력발전소에서
또 평택 어디에서……
어제도 오늘도 잇달아 쓰러지고
깔리고 꺾기고 끼이고 찢기고
넘어지고 떨어지고 부딪혀서 죽는다
우리의 아주 평범한 나날들은
우리의 아주 평화로운 나날들은
예고된 약속처럼 생명이 꺼져 가는
아주 평범하고 평화로운 나날들이다
언제까지 이 평화로움에 살아야 하나?
하늘의 흰 구름도

지상의 하얀 쌀밥도

이-편한 아파트와 샛노란 꽃들도

생명이 있어야만 보인다

생명이 살아야만 평화로움이다

생명이 함께 있어야

아주 평범한 나날들이다

생명이 같이 있어야

진정 평화로운 나날들이다

나는 코피노Kopino입니다

나는
아버지를 잃어버린
어머니와 사는 코피노입니다

나는
어머니의 나라 필리핀에서
한국으로 달아난
달변의 아버지를 찾고 있습니다

나는
한국인 아버지에게서
사랑의 진실과 사는 방법을
뜨거운 핏줄로 받았습니다

동굴 속 박쥐들처럼
어둠의 두 마음을 파고드는
인간을 팔고 인간을 사는
사람을 사고 사람을 파는
뜨거운 선물을 받았습니다

>
쌀값은 아까워도
밥값은 그게 아니련만
뜨거운 회피를 배웠습니다

그렇게 뜨거워서,
두 마음을
박쥐의 두 마음을,
당신을 찾고 있습니다

팔도 냉국

강양도 감자옹심이냉국 메밀묵냉국
수원도 오이지냉국 무짠지냉국
경성도 가지냉국 생오이냉국
서해도 도토리묵냉국 굴냉국
포항도 물회냉국 문어냉국
전주도 우무냉국 콩나물냉국
목포도 초지냉국 김냉국 양파냉국
화산도 톳냉국 성게알냉국

참을 수 없이 뜨거울 때 참외냉국
뜨거운 가슴이 파래지는 파래냉국
가슴속 근심을 벗겨 주는 백김치버섯냉국
근심의 바다를 건너가는 생미역냉국
바닷속 전설을 다시 듣는 다시마냉국

뜨거운 나라
뜨거운 역사
뜨거운 사람들
갈라진 냉국冷國에
마음을 식혀 보는

여름 한 사발

지혜 한 사발

팔도 찬국

도보다리 새소리

도보다리를 한참 거닐던 두 사람이 나무 의자에 마주 앉았다. 대화를 나누는 그들의 목소리는 공중을 하얗게 날고 있었고, 주위엔 한반도의 봄 새들이 소곤소곤 모여들어 그들의 목소리를 귀에 담고 있었다. 언덕을 오를 때는 멀리서 '꿔~꿩' 하는 출발의 환열이 있었고, 좀 더 속도를 내라며 가까이서 '짹짹'거리는 방울새 소리도 있었다. '끼끼끼' 하는 청딱따구리의 응원가는 왼쪽에서 높은음으로 울렸고, 되지빠귀는 오른편에서 청아한 소리로 초여름의 평화를 '초초초' 노래했다. 소쩍새는 '솥♩ 적다♪ ♪'며 앞날의 풍년 소식을 앞에서 예고했고, 산솔새는 이곳이 아름다운 우리의 국토임을 뒤에서 알렸다. 섬휘파람새 오색딱따구리 알락할미새는 조심스럽게 민요를 불렀고, 박새 멧비둘기 붉은머리오목눈이도 각자의 자리에서 송가를 불렀다. 새들의 노래 속에는 한 서린 숨소리가 보이지 않게 숨어 있었으나 두 사람의 목소리는 하나의 깃발로 파랗게 펄럭였다. 그들의 목소리에는 빛바랜 색지처럼 흐릿한 분열의 소리는 들리지 않았다. 어둠 속에 숨어 있던 쉰 목소리는 더욱 들리지 않았고 하나의 하모니만 있었다. 하늘엔 옥색 치마가 유난히 곱게 빛났다

해 설

재귀再歸의 원리로 구성한 기억의 현상학

유성호(문학평론가, 한양대학교 국문과 교수)

1. 회감과 사랑의 원리를 결속해 가는 서정적 집성集成

강웅순의 세 번째 시집 『아버지의 바다』(천년의시작, 2022)
는, 시인 스스로 자신의 삶을 반추하고 성찰하면서 가장 깊
은 기원(origin)의 시간을 재현해 가는 서정적 언어의 집성集
成이다. 서정시의 가장 근원적인 창작 동기가 자기 탐색에
놓여 있다는 점을 감안한다면 이러한 강웅순의 언어는 수많
은 타자들로 권역을 확장해 가면서도 속속들이 자신의 삶으
로 귀환하는 서정적 일관성을 보여 준다. 또한 강웅순의 시
는 개인의 경험에만 함몰되지 않고 공동체의 차원으로 자
신의 관심을 확장시켜 가는 특징을 보인다. 자신의 지향과
현실 사이에 존재하는 불화와 갈등을 끊임없이 환기하면서

기억 속에 존재하는 강렬한 빛으로 타자들의 생을 복원하는 데 매진하는 것이다. 그렇게 그는 삶 가운데 어김없이 존재하는 공동의 기억에 대해 한없이 열린 자세를 보여 주면서 개별성과 보편성을 통합시켜 간다. 스스로 겪어 온 시공간의 경험에서 오롯한 언어를 아득하게 생성시킨 후, 그것을 통해 회감回感과 사랑의 원리를 한껏 결속해 가는 것이다. 그럼으로써 그는 서정시의 궁극적 가치를 수일秀逸하게 실현해 간다. 이제 그 세계 안으로 한 걸음씩 들어가 보도록 하자.

2. 가계家系의 구축과 애잔한 옛 기억의 복원

서정시의 존재 근거는 시인 스스로 겪어 온 구체적 경험과 기억에서 찾을 수 있다. 다시 말해 시인은 자신만의 오랜 경험과 기억을 고백적으로 풀어놓음으로써 스스로를 언어적 연금술사의 지위로 도약시킨다. 물론 이른바 탈脫주체 담론이 주체의 경험과 기억을 부정하고 있기는 하지만, 좋은 서정시는 여전히 시인 스스로의 자기 확인에 깊은 열망을 가지고 있음을 증언하고 있다. 강웅순 시인은 경험적 주체와 미학적 주체가 결합하는 순간을 담아내면서 자신의 궁극적 귀의처이기도 한 기원을 상상해 간다. 그러한 과정을 구체적 형상으로 환기함으로써 인간의 존재 형식에 대한 질문을 생성하고 내면의 절실한 떨림과 울림으로 그 기

원을 찾아가고 있는 것이다. 다음 작품을 먼저 읽어 보도
록 하자.

내가 입대하던 스물 초반은
모내기가 막 끝나는 유월 초이렛날이었다
이웃집에 홀로 사는 성숙이 어머니는
월남전에서 전사한 남편 생각 때문인지
아들을 낳지 못한 서러움 때문인지
쥐색 양말 한 켤레를 주머니에 넣어 주며
말없이 연신 눈물을 흘렸다

김장 채소 파종 무렵 첫 휴가를 나왔을 때
아주머니는 두멧골에 싸리꽃으로 피었다
나는 쥐색 양말을 신어 보지도 못하고
돌멩이를 맞으며
성난 함성과 노래를 들으며
돌탑 끝자락에서 매읍게 제대를 했다
그때 서울은
안경이 깨지고 신발이 벗겨지고
국화꽃 향기만이 떠나지 못하는
초겨울 얇은 베옷이었다

김장철 소소리바람이 부는

음력 시월 열사흘은

스무 살 아들이 입대하는 날이었다

마침 노모가 팔순이 되는 날이었다

몸성히 댕겨와야 헌다고

노모는 두 볼을 뜨겁게 뜨겁게 비볐다

이날 하늘은

진눈깨비 날릴 듯 검게 흐리고

논산에서 서울로 돌아오는 길은

떨어진 붉은 동백 길이었다

　　　　　　　　　　　　　　　　—「입대하던 날」 전문

　스무 살 무렵 입대하던 날이 작품의 배경으로 등장한다. 40년 저편의 기억을 소환한 시인은 모내기가 막 끝나는 유월 초이렛날 자신이 입대할 때의 장면을 선연하게 부조浮彫한다. 이웃집 성숙이 어머니가 주신 "쥐색 양말 한 켤레"가 그날의 따뜻한 눈물을 거듭 환기하지만 정작 어르신은 첫 휴가를 나왔을 때 두멧골 싸리꽃으로 몸을 옮기셨다. 그 시절 젊은 군인은 양말을 신어 보지도 못하고 돌멩이와 함성과 노래 속에서 제대를 했다. 안경이 깨지고 신발이 벗겨지고 국화꽃 향기가 울울했던 "초겨울 얇은 베옷"의 시절이었다. 그 장면 위로 한 세대를 격隔하여 음력 시월 열사흘에 시인의 "스무 살 아들"이 입대를 하였다. 노모가 팔순을 맞던 날이기도 했던 그날 하늘은 잔뜩 흐리기만 했다. 아들을 바래다주고 돌아오는 길에서 시인은 "떨어진 붉은 동백 길"을 바라본다. 그렇게 부자父子가 '입대하던 날'은 한 시대를 그대로 복원하면서도 '시인 강웅순'의 가계家系를 구축하면서 우리에게 서정시가 기억의 밀도를 실감 있게 복원하는 장르임을 알게 해 준다. 그렇게 농울 치는 기억이 시인의 마음속에서 "그리움 능선 끝에 낮달이 밝아서/ 굽어진 소나무에 흩날리는 솔씨들"(「삐비꽃 산소」)처럼, "순박한 얼굴이 참스러운/ 오래된 그리움"(「능소화」)처럼, 오래도록 오롯하기만 하다. 다음은 어떠한가.

아버지 해상解喪 뒤 반년이 지나고

입동 날, 장 담글 메주콩을, 고르다가,

큰오라버니 군에 가서 전사허구

열아홉에 혼자돼서

어린 핏뎅이 하나 데리고

짠하게 살아온 친정 오라부댁이

이제 한없이 다시 보인다야

에미는 이적지 그런 걸 몰루구 살았다만

함께 살던 사램이 몬저 가고

혼자 남은 몸땡이가

이렇게 무연할 수가 읎다

무뚝뚝한 느그 아부지 땜에

속 끓은 적은 수없다만

그려도 이렇게 허망할 줄을……

꽃 피고 눈 내려도

내 비단 가난이야

호랭이 눈썹 구하기만 할랴구

　　　　　　　　　　　　—「메주콩을 고르며」 전문

　이번에는 '메주콩'이라는 구체적인 소재가 시인의 오랜 기억을 톺아 올리고 있다. 시인은 어머니가 메주콩을 고르시면서 하시는 말씀 형식을 빌려 지난 시절 겪어 온 그분의 신산한 삶을 노래하고 있다. 아버지를 먼저 떠나보낸 '에미'는, 입동 날 장 담글 메주콩을 고르다가, 남편 먼저 떠나보내고 열아홉에 혼자되어 어린아이 하나 데리고 살아온 "친정 오라부댁"이 새삼 다시 보인다고 하신다. 함께 살던 사람이 먼저 떠나고 혼자 남은 몸이란 얼마나 무연하고 허망한가를 말씀하신 것이다. 계절이 바뀌고 세월이 가도 "내 비단 가난이야/ 호랭이 눈썹 구하기만 할랴구"라고 하시는 말씀에는 "늘상 그립다는/ 말은 안 해도/ 꺼지지 않는/ 촛불의 심지"(「말은」)처럼 사라지지 않는 삶의 엄연한 상실과 견딤 그리고 그럼에도 펼쳐져 간 시간의 흐름이 잔잔히 담겨 있을 것이다.

　이처럼 강웅순 시인이 수행해 가는 기억의 미학은, 과

거의 삶에 대한 단순한 재현이 아니라 현재 시인을 가능하게 했던 원천적인 힘에 대한 구성 의지에 의해 선택되고 있다. 그 점에서 시인이 구성하는 기억은 지금 자신이 잃어버리고 살아가는 가장 아름다운 어떤 원형에 대한 그리움에서 생성되는 것이다. 특별히 그가 써 가는 서정시는 지상의 원리에 충실하면서도 한편에서는 애잔한 옛 기억을 복원해 가는 꿈을 잃지 않고 있다는 점에서 참으로 아름답고 애잔하기만 하다.

3. 존재론적 기원起源의 형상들

이처럼 강웅순은 자신의 존재론적 기원起源의 형상을 찾아 들어가는 모습을 일관되게 보여 주는 시인이다. 그에게 서정시란 시간에 대한 경험 형식으로 씌어지고 읽히는 언어예술인 셈이다. 그것이 미래를 예감하는 것이거나 시간 자체를 초월하려는 것이라 할지라도 그의 시는 이미 지나온 시간에 대한 유의미한 해석이자 인준으로 현상되는 것이다. 그만큼 강웅순의 시는 시간에 대한 경험과 순간적 기억의 재구성이라는 양식적 속성을 한결같이 견인하고 있고, 섬세하고 아스라한 기억의 형식을 빌린 존재론적 기원의 언표 과정을 낱낱의 형태로 보여 준다 할 것이다. 특별히 '아버지/어머니'는 그러한 기억의 형식을 낳게 하는 가장 깊은 원형적 수원水源이 아닐 수 없다. 먼저 아버지의 형상을 따라가 보자.

> 흰 구름을 보는 것도 헛되고 헤픈 것
> 계명성에 나서서 개밥바라기 돌아오면
> 기다리던 어린것들 쓰다듬던 굽은 손
>
> 집채를 등에 지고 어둠길을 헤치며
> 앞꿈치 갈라지고 뒤꿈치가 해어지는
> 가슴에 묻혀 사는 씻기지 않는 무게
>
> 아버지란 이름이 주름진 낡은 구두
> 무릎의 연골들이 닳아져 아리지만
> 오늘도 절룩이며 걷고 있는 하늘길
>
> ―「아버지의 구두」 전문

아버지의 구체적 심상을 '구두'로 소환해 낸 이 작품은 강웅순 시인의 심지가 얼마나 굳고 깊은지를 보여 주는 뚜렷한 실례일 것이다. 시인은 계명성에 나서서 집에 돌아와 "기다리던 어린것들 쓰다듬던 굽은 손"을 기억한다. 집채를 등에 지고 어둠을 헤치며 걸어온 그 길은 "앞꿈치 갈라지고 뒤꿈치가 해어지는" 무게를 아버지라는 이름에 건네주었을 것이다. 그렇게 "아버지란 이름이 주름진 낡은 구두"는 시인으로 하여금 "오늘도 절룩이며 걷고 있는 하늘길"을 상상하게끔 해 준다. 그러나 한편으로 이 작품에서의 '아버지' 형상은 '시인 강옹순' 자신의 그것이기도 하다. 그 역시 "무릎의 연골들이 닳아져 아리지만" 한평생 누군가의 삶을 비춘 등대의 삶을 살아오지 않았던가. 어쨌든 '아버지의 구두'는 이렇게 "가난하고 정직하고 순한 이웃들"(『아주 평범한 나날들』)과 함께 걸어온 세월을 은유하면서 "반듯한 가르마/ 멀고도 험한 길"(『참빗과 얼레빗』)을 걸어 결국 "행진도 멈춤도/ 전신으로 보여 주던/ 아버지의 신호등"(『꽃게 등딱지』)으로 선연하게 남았다 할 수 있을 것이다.

어머니 집에는 장독대 골담초와 샘가 쌀 씻는 소리가 신우대 울타리를 이루고 있다

어머니 방에는 명경과 소녀와 할머니의 반짇고리 무명실이 깊이를 알 수 없는 강으로 흐르고 있다

어머니 장欌에는 능수버들 꾀꼬리와 은비녀와 동동구루무가 참빗 풍금을 타고 있다

어머니 속에는 섣달 방앗간과 마른 구절초와 이월 초엿새 기일이 장항선 막차를 기다리고 있다
　　　　　　　　　　　　　　　　—「어머니 속에는」 전문

이번에는 어머니의 형상이다. 이 아름다운 시편에는 어머니의 시간과 공간과 몸과 마음이 여러 장면으로 병치되고 있다. "어머니 집"을 이루고 있는 것은 "장독대 골담초"와 "샘가 쌀 씻는 소리" 그리고 "신우대 울타리"이다. 꽃과 풀과 밥이 집의 외관과 내질을 선명하게 보여 주고 있다. 또한 "어머니 방"에는 여성으로서 살아온 어머니의 세월이 흐르고 있다. "명경과 소녀와 할머니의 반짇고리 무명실"이 "깊이를 알 수 없는 강"을 만들고 있지 않은가. "어머니 장欌"에도 "능수버들 꾀꼬리와 은비녀와 동동구루무"가 "참빗 풍금"과 함께 있으니 어머니 삶의 이면에는 이렇게 아름다움을 탄주彈奏하곤 했던 모습이 남아 있는 셈이다. 그러나 무엇보다도 "어머니 속"이 가장 중요한데, 이는 그것이 시의 제목이기 때문이기도 하지만, "섣달 방앗간과 마른 구절초와 이월 초엿새 기일"이 장항선 막차를 기다리던 시간으로 그 안에서 출렁거리고 있기 때문이다. 그만큼 어머니의 삶은 다양하고 중층적인 가계家計와 미美와 기다림의 연속이었다고 시인은 기억하고 있다. 때로 "고추가 널려 있는/ 어머니 멍석 마당"(「고추 마당」)이 떠오르기도 하고 때로 "햇볕으로 사랑의 밥을 짓고/ 바람으로 사람의 집을 짓는/ 툇마루"(「어메 툇마루」)로 다가오는 어머니의 모습이 아름답기만 하다.

서정시를 자기 표현 양식으로 규정한다고 할 때 강응순 시인이 보여 주는 이러한 존재론적 기원을 향한 투명한 기억은 순조로운 동일성에서만 발원하는 것이 아니라 고통을

통과해 온 이가 혼신을 다해 구축하는 언어를 통해 나타난
다는 특징을 가지고 있다. 아닌 게 아니라 그의 시는 구체
적이고 물리적인 고통을 통과한 언어로 짜여 있다. 그러나
여기서 또 하나 주목해야 할 것은 고통만이 그의 시를 감싸
고 있는 것은 아니라는 점이다. 시인은 아프게 통과해 온 지
난 시간에 대한 충실한 재현을 담으면서도, 그 시간 속에서
소용돌이치는 기억에 자신의 열정을 남김없이 바치는 모습
을 선명하게 보여 준다. 또한 이번 시집을 통해 지난 시간을
추스르고 응시하는 삶의 형식에 대해 질문을 하고 있는 시
인은, 삶의 형식을 깊은 기억으로 그려 가는 존재론을 하나
하나 구체화해 가고 있다. 그 안에는 내면과 사물을 통합하
는 친화와 결속의 에너지가 충일하게 담겨 있다 할 것이다.

4. 시간의 흐름에서 포착하는 인생론적 순리

다음으로 강웅순의 시는 인생론적 순리에 대한 깊은 사
유를 품고 있다. 그것은 시간이라는 원리를 매개로 활용하
는 세계이기도 하다. 대체로 물리적 시간은 어떤 현상과 그
에 대한 기억을 구성하게끔 해 주는 불가피한 과정으로 경
험되게 마련이다. 그리고 그것은 외연의 사물이 아니라 내
면의 흔적을 통해 경험되는 것으로 나타나기도 한다. 근본
적으로 서정시가 시간에 대한 고유한 경험 형식으로 씌어지
고 읽힌다는 점에서, 강웅순 시인은 이러한 시간에 대한 경

험과 기억의 재구성이라는 서정시의 본도를 충실하게 견지
해 온 미학적 사제司祭이다. 아닌 게 아니라 그는 시간에 대
한 깊은 사유를 통해 인간의 실존적 고독과 함께 생명의 아
름다움을 동시에 경이롭게 드러내고 있지 않은가. 시간의
엄연한 한계 속에서 살아가는 존재론적 빛과 빚을 함께 노
래하는 것이다.

가로등 불빛과
가로수 신록이
하늘과 땅 사이로
직선과 곡선을 세운다

곡선의 삶은
천천히 돌아서서
어정어정 길을 잃고
빛깔 좋은 열매를 취함이 없이
빛깔을 만드는 여정이다

사는 맛은 곡선이다
빤히 보이는 직선이라면
무슨 떫은맛이 있겠는가?
끝을 모르고 사는 맛!
그것이 곡선의 맛이지!

삶의 길은

잘 드는 직선의 칼보다

무뎌진 곡선의 숫돌이다

곡선의 삶은

느린 완행 구간이다

노래는 곡선에 있다

—「노래는 곡선에 있다」 전문

　'노래'는 '시詩'의 별칭으로도 자주 쓰인다. 시인은 '노래'
나 '시'나 직선의 길이 있고 곡선의 길이 있음을 강조한다.
하늘과 땅 사이에 가로등 불빛이나 가로수 신록이 세우는
것도 "직선과 곡선"이다. 그런데 시인은 "곡선의 삶"이야말
로 천천히 돌아서 어정어정 길을 잃기도 하고 스스로 빛깔
을 만드는 여정임을 말한다. 노래의 길도, 살아가는 맛도,
모두 '곡선'에 있음을 선언한 것이다. 그렇게 "삶의 길은/
잘 드는 직선의 칼보다/ 무뎌진 곡선의 숫돌"인 셈이다. 느
린 완행 구간을 휘적휘적 걸어가는 곡선의 미학이 말하자
면 강웅순의 시가 추구하는 좌표이자 지남指南이 되어 버린
것이다. 그만큼 그의 노래(=시)는 "출렁이는 높낮이에/ 평
등한 터전을 이루는/ 생명의 써레질"(「무논의 써레질」)로 은유
되기도 하고 "제게로 오는 것을/ 그저 조용,/ 조용히 품는"
(「가을, 품는다는 것」) 부드러운 마음으로 이월되기도 한다. 그

리고 이러한 곡선의 미학은 바로 생명의 미학으로 번져 가
기도 한다.

　　상추 배추 쑥갓 쌈추
　　올망졸망 모여 앉은 아이들

　　고추 오이 가지 토마토
　　이랑 이랑 여무지게 내달리는 청춘들

　　수박 참외 호박 땅콩
　　둥글둥글 어울리는 산 노을빛 이웃들

　　모양이 다른 식구들의 낙토
　　사는 형편은 서로가 달라도
　　마음씨는 모두 매한가지

　　　　　　　　　　　　　　―「텃밭 식구들」 전문

　텃밭 식구들은 "봄비에/ 젖은/ 참나무 잎눈"이나 "흙담
에/ 곰삭은/ 시래기 고드름"(「진복골 사랑」)처럼 옹기종기 아
름답게 공존의 미학을 구축하고 있다. 가령 그네들 중 어떤
것은 "올망졸망 모여 앉은 아이들"로 어떤 것은 "이랑 이랑
여무지게 내달리는 청춘들"로 비유되고 있다. 그네들의 생
태나 속성이 사람의 나이를 기준으로 비유된 것이다. 나아
가 그네들은 "둥글둥글 어울리는 산 노을빛 이웃들"로 명명

되면서 "모양이 다른 식구들의 낙토"를 이루는 수평적 구성원이 된다. 사는 형편은 모두 달라도 마음씨는 모두 매한가지라는 해석을 얻은 "텃밭 식구들"이야말로 더러는 "갯벌의 안개도/ 돌담의 양지도/ 차갑고 따뜻한 정으로"(「밥정(情)」) 살아가는 생태를 닮았고, 더러는 "하늘로 크는 참모시/ 땅으로 눕는 감참외"(「모시꽃」)처럼 생장을 거듭하는 생명의 속성을 비추고 있다 할 것이다.

이처럼 강웅순의 시는 단아하고 고전적인, 그러나 그 바탕에는 시와 생명의 형식을 상상적으로 표현하는 역동적 이미지들을 가득 품고 있다. 그 이미지들이 파동 치는 순간, 시인은 자신을 둘러싼 사물들을 지속적으로 호출하면서 그것이 얼마나 탄력 있고 선명한 감각으로 재현 가능한지를 섬세하게 보여 준다. 그의 시는 그러한 상상력의 첨예한 범례로 우리에게 다가오면서 예술과 생명이 모두 궁극적으로는 사물의 움직이는 말을 상상적으로 완성해 가는 실체임을 증언하고 있는 것이다. 그럼으로써 그는 이 모든 것이 사물과 소통하고 그것을 선명한 감각으로 재현하는 내면에서 발원하는 것임을 보여 준다. 물리적 시간의 흐름에서 포착하는 인생론적 순리가 바로 그것일 터이다.

5. 공동체적 기억과 타자 지향의 시편들

또한 강웅순의 시는 단순하고 사사로운 개인적 차원에 머

물지 않고 삶 가운데 존재하는 공동체적 기억에 대해 마음
을 엶으로써 서정시의 확장 가능성을 활짝 열어 놓는다. 그
래서 개별적이고 구체적인 경험을 미학적 핵심으로 하면서
도 거기에 옹색하게 매몰되지 않는 기막힌 균형을 보여 준
다. 그것은 기억의 현재적 구성력과 삶의 보편적 형식에 두
루 민감한 시 세계를 그가 지속적으로 보여 주기 때문일 것
이다. 이러한 역량의 실물적 사례로 귀납된 이번 시집은 한
동안 이런 까닭으로 빛을 뿌릴 것이다. 이렇게 공동체적인
사유를 힘껏 품으면서도 강웅순 시인은 근원적 존재의 심층
을 투시하는 안목과 솜씨로 한 발 더 진입한다. 한 시대의
외곽에 대한 응시와 관찰을 통해 살가운 동시대의 존재자들
로 하여금 하나하나 은은한 존재 증명을 해 가게끔 해 주는
것이다. 이는 서정시가 추구하는 공동체적 기억의 확연한
결실이 아닐 수 없을 것이다.

　도보다리를 한참 거닐던 두 사람이 나무 의자에 마주 앉
았다. 대화를 나누는 그들의 목소리는 공중을 하얗게 날고
있었고, 주위엔 한반도의 봄 새들이 소곤소곤 모여들어 그
들의 목소리를 귀에 담고 있었다. 언덕을 오를 때는 멀리서
'꿔~꿩' 하는 출발의 환열이 있었고, 좀 더 속도를 내라며
가까이서 '짹짹'거리는 방울새 소리도 있었다. '끼끼끼' 하
는 청딱따구리의 응원가는 왼쪽에서 높은음으로 울렸고,
되지빠귀는 오른편에서 청아한 소리로 초여름의 평화를 '
초초초' 노래했다. 소쩍새는 '솥♩ 적다♪♪'며 앞날의 풍년

소식을 앞에서 예고했고, 산솔새는 이곳이 아름다운 우리
의 국토임을 뒤에서 알렸다. 섬휘파람새 오색딱따구리 알
락할미새는 조심스럽게 민요를 불렀고, 박새 멧비둘기 붉
은머리오목눈이도 각자의 자리에서 송가를 불렀다. 새들의
노래 속에는 한 서린 숨소리가 보이지 않게 숨어 있었으나
두 사람의 목소리는 하나의 깃발로 파랗게 펄럭였다. 그들
의 목소리에는 빛바랜 색지처럼 흐릿한 분열의 소리는 들
리지 않았다. 어둠 속에 숨어 있던 쉰 목소리는 더욱 들리
지 않았고 하나의 하모니만 있었다. 하늘엔 옥색 치마가 유
난히 곱게 빛났다

—「도보다리 새소리」전문

남북정상회담 장면을 담은 이 시편은, 평화를 희원하는
모두의 마음을 배음背音으로 삼고 있다. 그때 "도보다리"와
"한반도의 봄 새들"이 조화를 이루면서 평화는 스스로 소곤
소곤 모여들었다. 출발의 환환歡怳과 응원의 소리가 여기저
기서 울려 나오는 초여름에 새들은 "앞날의 풍년 소식"을 예
고하고 우리 국토가 아름다운 하나의 땅임을 알리는 민요
와 송가의 주인공들이 된다. 물론 새들의 노래 안에 "한 서
린 숨소리"가 깃들어 있기는 했지만, 그것은 하나의 깃발로
파랗게 펄럭이는 정상의 목소리를 통해 "어둠 속에 숨어 있
던 쉰 목소리"를 물리치고 "하나의 하모니"를 이룰 수 있었
다. 그렇게 "도보다리 새소리"야말로 강웅순 시인이 귀 기
울인 가장 깊은 소리였고, 우리는 "작별은 또 하나의 평화

의 길이라고"(「마지막 순간」) 믿으면서 역사가 지령하는 다음 순간을 통해 "맑은 날은 평화롭게 하늘을 만나고/ 흐린 날은 평등하게 대지를 만나라"(「창고의 자식들에게」)는 사유를 만나게 된 것이다.

어린 사슴의 얼굴을 닮았다는 소록도에는
눈물바다로 둘러싸인 모래사장 언덕이 있다
절망과 탄식과 서러움만이 가득한 수탄장은
한센인 마을로 향하는 정갈한 소나무 숲길로
혈육의 정으로는 그림자조차도 만져 볼 수 없다
소금 바람도 한 서린 언덕길은
부모와 자식 간의 뜨거운 혈육들이
한 달에 한 번씩 양편 갓길에 늘어서서
눈물로 바라만 보던 통한의 길목이다
공기로 전염될까 소리칠 수도 없고
가슴이 터질까 한숨도 쉴 수도 없는
부모와 자식의 거리는 대낮처럼 환하지만
깊은 절벽이 그들을 어둠으로 가로막고 있다
절벽은 서로가 건널 수 없는 허공의 강이 되어
그저 자식의 이름만 시리도록 애절히 부르며
하염없이 피눈물만 흘리는 어머니와
세상에 태어나 엄마라고 한 번도 불러 보지 못하고
짐승처럼 이리저리 격리된 어린 새끼들이
마음의 눈으로만 서로를 더듬어야 한다

혹여 전염될까 봐! 행여 다칠까 봐!

부모는 바람맞이 쪽에서 자식을 찾고

자식은 바람을 등진 쪽에서 부모를 보는

마음의 눈으로만 서로를 만져 보는 길이다

언덕엔 지금도 메마른 소금 바람만 휑하게 불고

하늘엔 눈 밝은 어미 철새들 몇 마리가 떠 있어

길 잃은 어린것들을 찾고 있다

—「수탄장愁嘆場」 전문

　이제 강웅순 시인의 시선은 한센병 환자들이 자신의 혈육
과 일정한 거리를 두고서 만나는 소록도의 수탄장愁嘆場이라
는 공간을 향한다. "절망과 탄식과 서러움만이 가득한" 그
곳은 "눈물바다로 둘러싸인 모래사장 언덕"이다. "한센인
마을로 향하는 정갈한 소나무 숲길"이자 "소금 바람도 한
서린 언덕길"에서 가족들은 서로 만져 보지도 못하고 "양편
갓길에 늘어서서/ 눈물로 바라만 보던 통한의 길목"을 서성
일 뿐이다. 절벽이 어둠으로 가로막고 있고, 그 사이로 서
로 건널 수 없는 허공의 강이 흐르는 곳에서 시인은 "마음
의 눈으로만 서로를 더듬어야" 하는 그들 상황을 시 안쪽으
로 끌어들인다. "마음의 눈으로만 서로를 만져 보는 길"에
서 채록한 절망과 아픔의 경험이 강웅순 시인의 타자를 향
한 애틋한 마음을 알려 주는 것이다. 그렇게 "사랑은/ 봄
날/ 느티나무/ 연둣빛 잎새"(「그리움의 꽃」) 같기도 하고 "사
랑은 선한 마음에 고요히 감싸인 빛"(「애니 설리번」) 같기도 할

터인데, 그네들의 "입가에 터지는 맑은 웃음이/ 하늘에 닿아"(「까마중」) 있기를 희원하는 시인의 마음이 맑고 투명하게 다가온다.

강응순 시인의 타자 지향 시편은 이처럼 동시대에 대한 애정 어린 탐구로 나아간다. 그것은 잃어버린 가치를 회복해 가는 열망과 깊이 닿아 있는 어떤 고전적 지향으로 나타나고 있는데, 특별히 우리가 상실한 종요로운 삶의 지표들을 일일이 호명하고 복원함으로써 시인은 한 시대의 불모성에 대한 강력한 항체 역할을 자임하고 있다. 이러한 공동체적 기억을 기록해 온 양식으로서의 서정시는, 우리의 삶이 합리적 이성에 의해 균질적으로 진행되는 것이 아니라 관념의 표지標識들을 때로 위반하고 해체하면서 새로운 상상적 질서를 구축해 가는 과정임을 알게끔 해 준다. 시인은 이러한 위의威儀 회복을 위해 동시대 타자들을 불러들임으로써, 언어를 통해 실존적 자각과 타자의 발견 사이에서 궁극적 삶의 형식을 완성하고자 하는 사제로 거듭나고 있는 것이다. 그리고 존재 확인이라는 일차적 욕망을 넘어, 궁극적이고 최종적인 삶의 형식을 완성하려는 보다 큰 뜻을 가진 존재로서 품을 키워 가고 있는 것이다.

6. 더 크고 깊은 미학적 차원으로 도약해 가는 길목

지금까지 우리가 천천히 읽어 온 것처럼, 강응순의 세 번

째 시집 『아버지의 바다』는 시인 자신의 오랜 기억 속에 녹
아든 잔상들에 대한 소중한 고백록이자 속 깊은 마음이 들
려주는 실존적 언어의 보고寶庫라고 규정할 수 있을 것이다.
그의 미학은 경험적 구체에 대한 세심한 기억으로 구성되어
있고 그 기억을 재생시키는 원리는 심미적 순간에 대한 재
현의 감각과 정성스러운 마음에서 발원하고 있다. 사라져
가는 존재자들을 새로운 가능성으로 생성해 내는 이러한 기
억 운동은 시인 자신의 마음에 새겨진 수많은 장면을 끊임
없이 되살려 냄으로써 자신의 역할을 다하고 있다. 강웅순
시인은 그러한 기억의 힘으로 사랑과 그리움을 밀어 넣으면
서 궁극적으로 삶의 의미를 탐구해 간다.

　이처럼 강웅순은 서정시가 완성해 가야 할 몫 가운데 가
장 중요한 것이 사라져 가는 것들의 흔적과 가치에 대한 상
상적 탈환에 있다고 믿는 시인으로 기억될 것이다. 물신화
와 평균화가 범람하고 중요한 가치들이 움츠러드는 시대에
저항하면서, 잊혀진 풍경을 살려 내고 거기에 참다운 기억
의 선도鮮度를 입혀 가는 것이야말로 서정시가 담당해야 할
중요한 기능이라는 점에서도 강웅순의 시는 기억의 현상학
에 본질을 두는 예술로서 재귀再歸의 원리에 의존하는 세계
로 남을 것이다. 그렇게 시인은 자신의 몸과 마음에 머물
러 있는 강렬한 빛으로 삶의 심연을 비추면서 독자적 미학
을 구축해 간다. 그 결과 이번 시집은 첫 시집 『송화소금』
(2010), 제2시집 『홍원항』(2014)에 이어 8년 만에 새로운 상상
적 질서로 우뚝하게 되었다. 이번 시집은 우리로 하여금 자

아와 세계가 한 시인의 경험 속에서 접점을 형성하며 소통하는 미학을 발견하게끔 해 줄 것이고, 이러한 세계를 딛고 넘으면서 강응순 시학이 더 크고 깊은 미학적 차원으로 도약해 가는 길목에 있음을 훤칠하게 입증해 줄 것이다. 세 번째 시집 발간을 기쁘게 축하드리면서, 시인으로서의 건승을 더욱 소망해 마지않는다.